表達能力大提升

我會勇敢地提問

許萍萍　著

新雅文化事業有限公司
www.sunya.com.hk

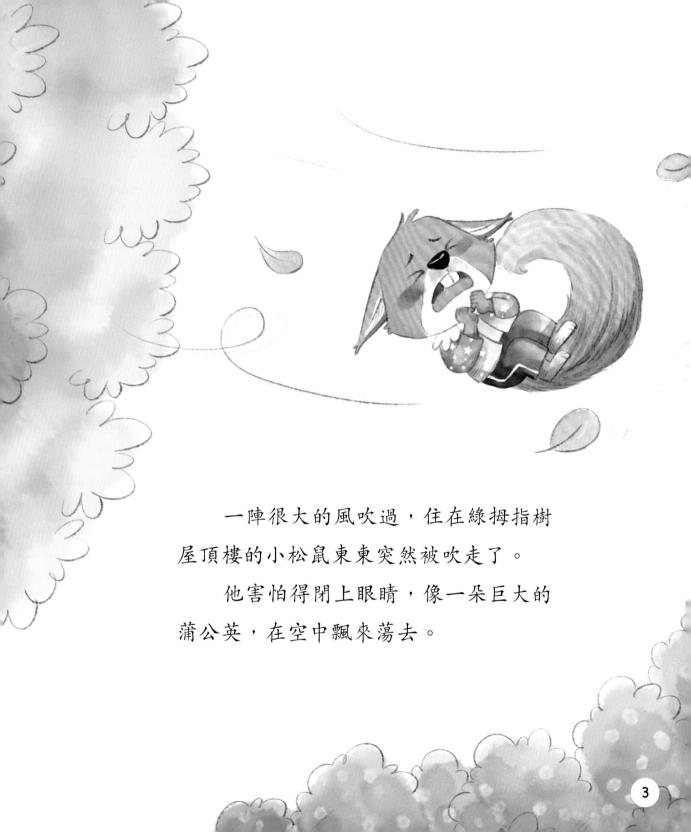

一陣很大的風吹過，住在綠拇指樹
屋頂樓的小松鼠東東突然被吹走了。

他害怕得閉上眼睛，像一朵巨大的
蒲公英，在空中飄來蕩去。

　　等東東睜開眼睛時，他發現自己來到一個
完全陌生的地方！

　　「哎呀——」他摔了在一片草叢上，翻了幾
個筋斗。還好，沒有發生什麼意外。

　　「這是在哪兒呢？」東東望着空曠的原野，
聽見自己的心撲通撲通地跳。

東東是一隻害羞的松鼠，平時遇見陌生人，都會躲起來。

　　但現在，他特別想碰見其他松鼠。不是松鼠，貓頭鷹也好；不是貓頭鷹，小豬也行；不是小豬，小羊也可以⋯⋯

　　他只是想問問：這是哪兒？回家的路該怎麼走？

這時候，東東看見一隻小熊正在朝他的方向走過來。

「小⋯⋯小熊⋯⋯」東東嘗試叫起來，但還沒叫出聲，他已經把自己藏進了草叢裏。

咯噔咯噔⋯⋯小熊走遠了，他才從草叢裏站起身。

東東向四周望了望，決定朝小熊的那條路線走，或許家就在路盡頭看得到的地方。

　　但太令人失望了，他看見的是一個湖。

　　東東家的四周，根本就沒有湖，甚至連一個小池塘也沒有。

「這是哪裏呢?我的家又在哪個方向?」

他看見一隻小野兔在湖的對岸採蘑菇。

「小野兔,你知道這是哪裏嗎?綠拇指樹屋
應該往哪裏走?」東東多想這麼問,但因為太
害羞,他張了張嘴,卻發不出聲來。

接着，有袋鼠姨姨經過，也有
馬叔叔路過。

東東每次想問又不敢問，錯過
了很多次機會。

眼看着太陽快要下山了。

「要是天暗下來，我還是沒找到家，該怎麼辦？」東東着急得很，「等下不管誰路過這兒，我都要大聲問。」

這時候，他聽到不遠處有腳步聲傳來。

原來是小毛驢！

「小……小毛驢，你知道綠拇指樹屋要怎麼走嗎？」東東終於問出聲了。

但是他的聲音太輕，小毛驢根本沒聽到。

「小毛驢，你知道綠拇指樹屋要怎麼走嗎？」

這一次，小毛驢終於聽見了，他回頭指了指自己走過的路：「我就是從那裏來的，你走這條路就是了。」

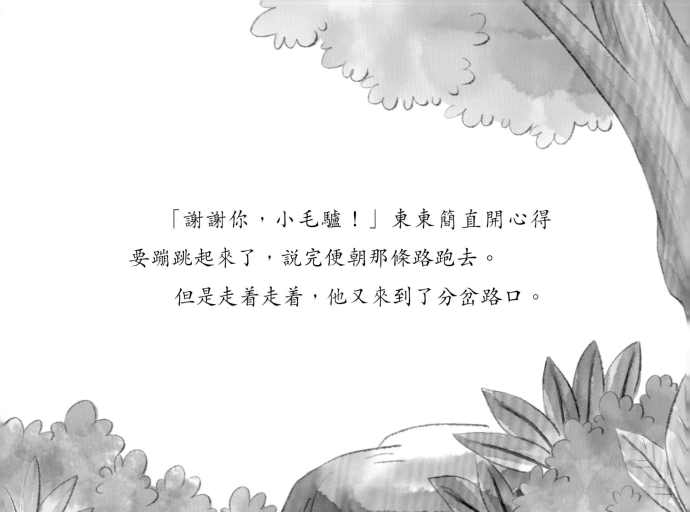

「謝謝你，小毛驢！」東東簡直開心得
要蹦跳起來了，説完便朝那條路跑去。
　　但是走着走着，他又來到了分岔路口。

「走哪條路才對呢？」
東東望望四周，空蕩蕩的。
　　突然，他看見一隻小鳥
飛過。

「小鳥，小鳥，你知道前往綠拇指樹屋要走哪條路嗎？」東東問得很大聲，不僅小鳥聽見了，連住在樹洞裏的小田鼠也聽到。

他們一起說：「綠拇指樹屋朝右走，再拐個彎就到了。」

「謝謝你們，小田鼠和小鳥。」小松鼠一路走，一路想着：要是我老早就鼓起勇氣問路，現在應該已經回到家，準備吃美味的晚餐啦！

給父母的話

　　語言是人類最重要的交流工具，也是智力發展的基礎。幼兒時期是人在一生中掌握語言的關鍵階段，也是培養表達能力的重要時機。兒童要學會了說話，才能在與他人交流時，把自己心中所想的意思準確地表達出來。但是，孩子的表達力往往受到性格、語境、認知、經驗等影響。例如，有的孩子膽小、害羞，害怕與人交流；有的孩子性急、脾氣暴躁，說出來的話往往不太中聽；有的孩子認知不足，無法把事情清楚地描述出來；有的孩子不善傾聽，會打斷別人說話……這些都阻礙了孩子培養良好的表達能力。

我們都明白，生活是語言的泉源，所以家長平時要豐富孩子的生活，為他們創設多聽、多看、多説的語言環境。例如，多為他們提供與同齡孩子交往的機會；多向孩子提問簡單有趣的問題，鼓勵他們思考和回答；在閱讀圖書時，多引導他們説一説畫面有什麼東西、下一頁的故事會怎麼發展等。

　　培養兒童的語言表達能力，雖然不是一朝一夕的事，但是只要家長能抓住讓孩子説話的契機，並積極引導他們，相信他們一定會敢説、願説、會説。

如何培養孩子的表達能力？

　　各位家長，培養孩子語言表達能力的方法有很多，齊來看看以下引導孩子說話的小提示吧！

1 讓孩子多聽、多看、多讀、多背。

2 啟發孩子敢說、想說、樂意說。

3 認真聆聽孩子的話，給予引導和正面回應。

4 正確、認真地回答孩子提出的問題。

5 注意日常用語，給孩子做好榜樣。

6 鼓勵孩子參與不同活動和遊戲，
鍛煉口語溝通能力。

表達能力大提升

我會勇敢地提問

作　　者：許萍萍
責任編輯：黃稔茵
美術設計：劉麗萍
出　　版：新雅文化事業有限公司
　　　　　香港英皇道499號北角工業大廈18樓
　　　　　電話：(852) 2138 7998
　　　　　傳真：(852) 2597 4003
　　　　　網址：http://www.sunya.com.hk
　　　　　電郵：marketing@sunya.com.hk
發　　行：香港聯合書刊物流有限公司
　　　　　香港荃灣德士古道220-248號荃灣工業中心16樓
　　　　　電話：(852) 2150 2100
　　　　　傳真：(852) 2407 3062
　　　　　電郵：info@suplogistics.com.hk
印　　刷：中華商務彩色印刷有限公司
　　　　　香港新界大埔汀麗路36號
版　　次：二〇二三年二月初版

由湖北惠成出版傳媒有限公司通過北京同舟人和文化發展有限公司（電郵：tzcopypright@163.com），授權給新雅文化事業有限公司發行中文繁體字版本。該出版權受法律保護，非經書面同意，不得以任何形式任意重製、轉載。

ISBN: 978-962-08-8171-8
Traditional Chinese Edition © 2023 Sun Ya Publications (HK) Ltd.
18/F, North Point Industrial Building, 499 King's Road, Hong Kong
Published in Hong Kong SAR, China
Printed in China